JN225981

2015年（平成27年）

春 夏 秋

——眼を病んで

安藤 邦生

2015年（平成27年）

春　夏　秋

——眼を病んで

目次

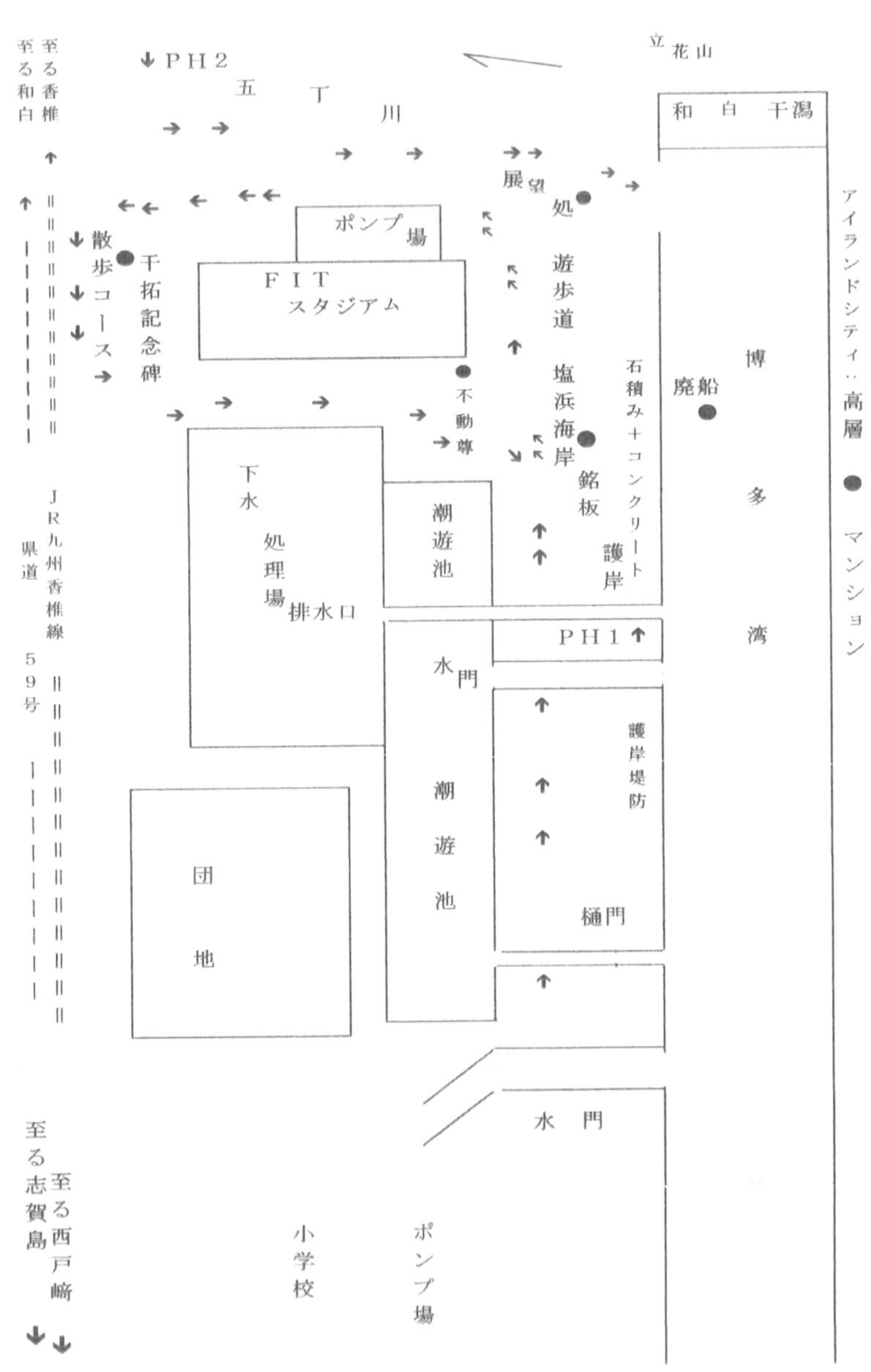

至る和白
至る香椎
PH2
五丁川
立花山
和白干潟
展望処
遊歩道
塩浜海岸
銘板
ポンプ場
FIT
スタジアム
散歩コース
干拓記念碑
不動尊
石積み＋コンクリート
護岸
廃船
博多湾
アイランドシティ・高層マンション
下水処理場
排水口
潮遊池
PH1
水門
護岸堤防
樋門
団地
JR九州香椎線
県道59号
至る志賀島
至る西戸崎
小学校
ポンプ場

散歩コース見取り図

左手散歩コースと右手和白干潟を望む
：廃船は満潮で見えない

五丁川河口の漁船。川向こうは干拓記念碑

塩浜海岸銘板

春

3月〜4月〜5月

風が吹く生暖かく湿った風一足早い春に戸惑う

北風に枯れ葉が路面こする音ヒバリは空に冬から春へ

春になりガサゴソガサゴソ脇の藪鳥が地を這い音を引き摺る

海上を塊となり風がわたるざわめく海が波たてあと追う

春の中冬が覗いて後戻り陽は上空に日毎に高く

鳴き方を練習中のうぐいすが姿隠して枝飛び回る

ヒバリ鳴く早春の野に風が吹く梅の終わりが寒さの終わり
声弾む春のグランド若者がダッシュダッシュのかけ声しきり
セスナ機がべた凪の海を音でなで春日を浴びて高度を上げる
今日もまた謡の声が海に向かう何やらひとりぶつぶつ台詞
音のない空を見渡し深呼吸かすむ山山ひかりを浴びる
風に乗りマイクの声が流れてくる「四番サード」と草野球の華
ハゼの実がひと房残り春となる枝ごと風に水面にぎわす
歩くたびからだが揺れてすまし顔話す言葉は酒酔い同然

両足を肩幅並みに外股で内気なくせに前を見据えて

三月も終わりに近い曇りの日かすみは薄く足取り軽く

あしたから春本番の四月だと花は咲いたがなんだか寒い

曇り空ヒバリの声が一段と大きく響く四月一日

春先はふらふらするがそのうちに良くなっている毎年のこと

窓際で起きがけに聞くカラスの声日が昇り聞くメジロヒヨ鳥

一晩の役目を終えた夜光灯クレーンの先で回転止まる

風が吹く体力低下むきだしに松の根つまづきたたら踏む朝

波のない海に逆さに山頂が海鵜が一羽気にせずよぎる

入れ歯なし甘い辛いも分からずに噛まず飲み込むおやつの塊

せき込めば猫も跳び退き遠巻きに様子うかがうＰＣの前

竿しなる空気切る音続く音水面（みなも）に落ちる浮標がポチャン

先急ぐ船の波紋が拡がって岸に到達船影はない

柔らかい木の葉手に取り揉みしだく噛んだらにがくなかなか消えない

山肌を雲に覆われ春の雨別れがたいと霧になり舞う

絶え間ないヒバリの声とセスナ機の間延びした音海面で混じる

ガタンガタン始発電車の音が舞う雲にぶつかり朝ふれ回る

朝もやに麦藁帽子で真剣に草刈る脇を跛の足で行く

教わった継ぎ足をして病状を今はよろめきやっとの思い

昼寝して仰向けになる喉詰まり突然咳き込み午睡が破れ

家の中摺り足で進む板張りで何かを踏むと跳びあがるから

驚いて足踏み外す家の段何をするにも柱掴んで

傘をさし水に映った空を見て雨脚気にし足元気にし

上空をひと声鳴いて飛んで行くサギを見送り星を数える

朝毎に新聞を読みつぶやいて過ごす毎日朝の過ごし方

風をよけ木立に挟まれ路を行く鳥の羽音に空を見上げる

吹きつける春の嵐に今日も鳴くヒバリを見上げ歯を食いしばる

プイと横ゴロゴロ喉はならすけど寝ていてふいに猫爪パンチ

孫つれて「だめでちゅ」と手を放させて孫の注意をほかへと向ける

側溝に雨水たまる吹きだまり昨日の雨か枯れ葉が水に

ダイサギが海鵜とともに廃船にオセロゲームの白黒まだら

この海にボラとクラゲの夏が来る凪いだ海面ボラ着水の輪

黒い影水面に拡がる輪を残しチャポンを残し姿消すボラ

芽吹く春花芽を路面におしげなくまき散らし敷く白い絨毯

胃もたれで昼のナッツが胃の底に沈みかたまり抱えてあるく

足をだす転ぶ前にと他人には急ぎ足だと見せる気遣い

見下ろせる高いところに陣取って羽根をつくろうながめは如何

限界まで枝を伸ばして自分だけの空を真ん丸く仕切るねむの木

咳き込めば猫さえ逃げて遠巻きにうかがい様子見近寄らぬ朝

風が吹き雨の暗い日窓の外は葉が飛んで行く夜明けの風景

春らしい陽光の中風が吹き白波が立つ海の表情

手を伸ばす壁のスウィッチにあと少し以前のようにはあと半歩前へ

ドンマイと若人の声繰り返すまたドンマイと声張り上げる

正面に海を見据えて体操をする人今日は休みのようだ

山頂が霧に包まれた立花山森の木立にからむ霧雨

コンクリの継ぎ目に咲いた浜昼顔たくましさにもどこか迷惑

早起きし歩道を歩く跛のゆえに朝日の影が交互に揺れる

マンションの窓までくっきりそれほどに対岸が見える澄み切った空気

山の端にのぞく太陽まっぽしに散歩道を舐め目くらましをする

びっしりと牡蠣をまとった廃船が干潮むかえ今立ち上がる

満潮で突き出たマストに鵜が一羽斜めに止まり風に耐えている

蹴躓く這う松の根を避けながら枯れ草の窪でたたら踏むかな

群れをなし同じバッグでグランドへ部活で急ぐ自転車過ぎる

出始めはスローで河口出て行ってあとは全速船体浮かせ

南西の空が明るく雨上がる予感に傘をたたみ込むかな

家を出る第一歩目が外向きと自分で分かる進む病か

雨上がり顔に絡まるくもの糸出会い頭の朝の出迎え

うぐいすがヒバリの前にホーホケキョふた声鳴いて健在ぶりを

なんとなく人が多い朝道取りに気を遣いつつ前へと進む

見える山一つ二つと三つになり雲退いていく今日は晴れるか

両足を肩幅並みに外股で内気なくせにあたり見回し

陽がゆれる川面に映る空の雲漁の休みをむさぼる舟達

夏

6月～7月～8月

今日も雨昨日傘あり今日はなしそれでも目指す七千歩超

何度でも雨の降り方確かめて傘の大小ためらい選ぶ

夏近し肌着の下に汗しのび上着の袖がまとわりつく日

廃船の上は混み合う止まり場で満潮時には人間界並み

船外機小さな船に取り付けておお海原を右に左に

せわしなく笠動かしてクラゲ達季節の海を友にし漂う

満ち潮で岸に寄ってきたクラゲ二匹引く潮の樋門噴流で沖へ

右の眼が何だか見にくいいつも見る壁の時計が遠くに見える

強烈な吐き気おそって眼がおかし痛みないので内科で済ます

内科にて吐き気止め処置別院で胃カメラ検査異常なしとか

眼の異常昨日の像が見えにくく看過できずに総合病院

二週間失明期限聞いていたまさかの時と耳鼻科で以前

火曜日に一日おいた自主検査眼科のテレビがいよいよ遠い

顔面をＭＲＩし原因判明ＣＴ画像持ち耳鼻科へ急行

病院の緊急手術割り込むも眼前もうろう見るのがつらい

支えられ体重測定病室に連れて行かれてひと息をつく

執刀医悪いのは右か左かと問われ答える麻酔前のこと

手術後の様子見部屋で思うこと眼は閉じたまま尿意を我慢

病室で気の毒そうな医師の声手術の状況妻と共に聞く

出なかった手術中血が予想より少なかったと報告を受け

診察に呼ばれモニター見せられる文字が見えずに肯くばかり

手術して眼の外側が脈を打つかるい痛みが明かり伴う

上履きの人の動きがあわただしお昼の配膳看護師さん達

看護師に運んでもらう毎回の食事が何かゆび指してもらう

病院で夢見て失禁どうなるか脅かされてそれを真に受け

トイレまで看護師さんが付いて来る10mもない廊下の先も

朝まだき手すりの棒をさぐり当て手の先導で廊下を進む

窓口でカードを出して代金をカード支払い手ひかれ退院

手を引かれクルマ乗り込む退院は完治ではなく治療のメドか

呼吸器と感染症の日程の変更を妻に電話してもらう

帰り道特定疾患書きつけを別院でもらい区役所予定

発病後一週間で手術受け失明回避に希望をつなぐ

定年の「余生に」天魔魅入りてか嬉しくもない選ばれし者

ホルモン剤「今度ももらう」血糖値上がり放しで糖尿病とも

ギザギザに研ぎ澄まされた音だけの世を見るこころ身構え暮らす

この視野で五年十年世の中の仕組みが見えてきたというに身体動かず

身をかこむ音を頼りに手探りで出来事を皆拾いあつめる

世をつなぐ声の在処をさぐりあてラジオを抱いて正座する我

モニター見面倒そうに受け答え眼科の医師が「はい半年後」

ラジオから必要な物聞き拾う視野欠損ゆえテレビは見ない

見え具合歯間ブラシで確かめる歯の間から覗く先端

夏になる日の出前からクマゼミが遠慮がちにや合唱始める

せみが鳴く怒れる神を取り囲み鎮めるごとく声を限りに

太陽に手を透かし見る血も出らず親指がない不思議な眼玉

完治だと自分なだめたく半閉じの瞼から世をのぞいて試す

曇りの日光り少なく見通せぬ道渡るにも何度も確認

杖をつき追い越して行く老いた人遠くの背を見て傘で地を突く

他人には急ぎ足だと見えるよう転ぶ前にと足出し支える

風呂の中伸ばした腕に親指の爪目印に交互に見やる

いま一度以前のように風景が欠損もなく深呼吸が夢

目の前は見るけど人の顔は見ないただ足元に目をやりはこぶ

うし蛙朝になっても鳴いているこもった声で居場所を知らせ

モウモーの声聞きたくて遠回り朝の散歩は今日の始まり

もっと降れ人間界など知るものか川の流れが淀まぬように

他の人の歩きを見ると淀みなく違わず次々足を繰り出す踏み出す
風の出す音をそら耳と思いながら音した方に頭巡らす
音もなく近づいてくる自転車に驚き止まり塀に寄り立つ
踏むたびにじゅうと唸り水を出すくぼみを埋めた松の枯れ葉ら
見えそうで見えないものに蹴躓きいまいましげに松の根確かめ
朝起きてトイレに座り手を伸ばすぼやけた表示は今日も変わらず
身のまわり三尺四方を手探りで力の及ぶ範囲を撫でる
けたたましこじゅけいの声友さがし朝を震わせ打ち破り行く

足音が後ろから来る立ち止まり金網に手を乗せやり過ごす

豆腐屋のラッパが風で間延びして届く夕方今日も暮れるか

ひとり立ち前だけを見て県道に軽く踏ん張り人の間を

この朝もラジオは奏で検診と知ってか知らずか笑いころげる

ちら見して安全確認それだけで心開かず毎日散歩

秋

9月～10月～11月

博多塩浜海岸　落書

すべての事は　左眼の　見えにくいこと　から始まった
今を去る二十と余年　忘れもしない厄年過ぎの　八月十日前の晩
焼酎飲んで　次の日の昼休み　クルマいじっておかしいな　痛くないので
そのままに　盆の休みは　家族を連れて　観光ついでに　高千穂越えて
日向に帰省　当然のごと　酒さかな　休みの明けは　眼も気になるが

クルマに乗って　現場行き　われわれ工事の　人間は　「請負」仕事
完成させて　いくらです　医療行為は　「委任」です　「委任」になると
お互いに　未完のままで　逐われます　あなたも憶え　あるでしょう
そんなこんなで　病院に　この病気　一週間で「後遺症」　病名は
左網膜　中心静脈の　閉塞とやら　残存視力　０・０９
暫くおいて　入院治療　網膜上の　新生血管　生育の阻止　破裂の予防
漏れた血液　頭痛のもとと　レーザー光線　網膜に　四千と　七百余発
照射を　受ける　検診で　「ひどい」言われた　左眼の　眼底出血

痛みはないが　いち大事　右の眼だけで過ごした　半年間は　何度か通った
歯科医院　左の奥歯　抜歯され　約2ヶ月の後　クルマのドアを
閉める時　よろける自分に　気が付いた　「ら・り・る・れ・ろ」と
病院で　たびたび言って　「はい入院」　これで入院　何度目か
「足は上がるか」「飲み込みは」　背中の端に　「回し打ち」
注射をされて　「やがて何時かは　寝たきりに」
治療と言えば　一日三度　薬のみ　あとは　患者の　自覚だけ
徹夜での　クルマ運転　感心しないと　言われたが　事後の注意は

細心に　兎にも角にも　気を遣う　あいつの動作　おかしいと

職場変わった　その先で　こごとを言われ　窓際に寄り　知恵を絞って

仕事をこなし　定年迎え　ひと安心

学生時代は「歩き」が主体　教養課程　春休み　箱根峠を　自転車押して

宮ノ下から　芦ノ湖湖畔　経由して　三島に至る

名古屋市内で　宮崎弁の　おまわりさんに　桑名方面　道を聞き

嫁入りを見た　翌日に　葬列出会う

歩いて「なんぼ」の　習性は　今も身体に　染みついて　この「散歩ぐせ」

今となっては　身体の宝　命のささえ　「この癖をして」　維持せんと
日毎夜ごとに　ひたすら願う

＊

ヒヨが鳴く姿見せずにヒヨが鳴く朝をつんざく鋭い声で
病だけかの人に似るそれだけの繋がりだけを己に誇る
何事も「はすかい」に見るへそまがりにこりともせず席立ちよろめく
外股でかるく踏ん張り前だけを往来の人を避け避け進む
終末の医療は淋し万能と頼みにしていた行き着くところ

立ち止まり呼吸整え立ち止まり昼に向かって潮みつるまで

歩くけど地の凹凸はあてずっぽう道のくぼみは気にも留めずに

身構えて風の音にもそば耳を立てる自分が可笑しくもあり

こわいもの左から来る自転車傘を持つ人キャリーバックなど

通る人祀られた石におじぎする刻まれた文字不動明王

指先が隣のキーについ触れる苛立ちもせずいつも通りに

夕ご飯ギラリと光る米粒が今はくっつきかたまりに見え

眼をつぶる事に多くの時間裂き沈思黙考これからのこと

媚びをうるラジオ番組また然り世に充ち満ちる情報の波

自分だけの宇宙を抱いて人混みに荷物を抱えガニ股で進む

いつもより大きな声で挨拶をすず風頬に散歩また散歩

今日もまたＰＣに向かう目薬を手に取り瞼に午前4時半

水平と思い定めて足を出す迷わず一歩次の一歩も

秋を呼ぶ雨が夜明けを伴って暗い中でも木葉を鳴らす

身構えて県道渡る右を見て左に回し何度も確認

新聞の配達時間に起床する吸入予定に寒さの予感

窓からの百日紅の花は消えた毎日見てた視力検査に

堤防に「かんざぶろう」が今日もいた気配を察しすぐ飛び去った

雨の日も足を引きずり散歩する不揃い足を気にも留めずに

この視力この視界持ち散歩する道の凹凸にしばしば躓く

世の中はこの様にしか見えないと7月過ぎから怯えて暮らす

パソコンに新ＯＳを導入し歌を幾つも作った気分

新しきメルアド取得別人に生まれ変わりてカード決済

四桁の数字で人を奔らせるこの世のしくみ面倒でもあり

グランドは早や九時前から鐘太鼓あたり揺るがし最高潮だ

靴ひもを結び直してさらにまたうすい眼ながらこの世を闊歩

忘れずに散歩の途中で検査する「忘れるものか」この視野欠損

堤防に手をつき不動で検査する遠くの目標ねらい定めて

立ち止まり耳を凝らして音拾いまた歩き出す車は来ない

ピンピンでコロリと逝けば言うことなしその為にこそ毎日歩く

朝毎におなじ回りで散歩して同じところで同じ人にあう

眼前に拡がる景色欠けているだからいつかの深呼吸はなし

自転車を見たら止まってやり過ごす視野欠損と小脳変性

踏み出した足をそのまま唐突に辺り見回しまた歩き出す

石段に右足をのせ位置定め後ろの足で地を蹴り一段

永らえて堅く縮んだ我が宇宙むかしの夢はドデカヘドロン（十二面体）

あとがき

短歌は過去の出来事を伝えるのに、割合時間が細切れに利用出来るので、この形式に依ることにした。この単文形が自分の生活様式に合ったものであると言える。

これを書くにあたっては気のつく限り形容詞の使用は出来るだけ控えた。また元末不一致にならないよう心掛けた。

私は元々五行のうたを作っていたが、発表するにあたり五行のうたは商標上制約があると聞きこの形式にしたのも主な理由の一つである。

最後に、博多塩浜海岸落書としたものは古の二条河原落書を基本になぞったもので筆者の創意ではない、お断りしておきたい。

安藤　邦生（あんどう　くにお）

福岡市在住　宮崎県日向市細島出身　昭和18年8月4日生　現在75才
熊本大学理学部地学科卒　福岡市の地質調査会社に就職後転職2回　現在に至る

2015（平成27）年　春 夏 秋 —眼を病んで

2018年12月25日発行

著　者　安藤邦生
制　作　風詠社
発行所　ブックウェイ
〒670-0933　姫路市平野町62
TEL.079（222）5372　FAX.079（244）1482
https://bookway.jp
印刷所　小野高速印刷株式会社

ISBN978-4-86584-379-8

乱丁本・落丁本は送料小社負担でお取り換えいたします。